AF185913

Sigrid C. Stubbe

Himmlisch vergnügt

Acht weihnachtliche Kuriositäten

Sigrid C. Stubbe

Himmlisch vergnügt

Acht weihnachtliche Kuriositäten

Mit Illustrationen von Katharina Staar

© 2021 / Sigrid C. Stubbe
Umschlaggestaltung, Illustration: Katharina Staar
Lektorat: Dr. Ralf Willms
Verlag & Druck: tredition GmbH, Halenreie 40-44, 22359 Hamburg

ISBN: 978-3-347-40365-9 (Paperback)
978-3-347-40366-6 (Hardcover)
978-3-347-40367-3 (e-Book)

Bibliografische Information der Deutschen Nationalbibliothek:Die
Deutsche Nationalbibliothek verzeichnet diese Publikation in der
Deutschen Nationalbibliografie; detaillierte bibliografische Daten sind im
Internet über http://dnb.d-nb.de abrufbar.

Inhalt

Die Oase

Der Stern mit seinem langen, auffälligen Schweif warf ein verschmitzt schillerndes Licht auf die Oase. Es hatte sich stark abgekühlt und Kaspar, Idius, Melchior und Balthasar drängten sich eng um das Feuer. Schweigend hing jeder seinen Gedanken nach. Das lebendige Spiel der Flammen spiegelte sich aufmüpfig im Wasser der Oase wider.

Idius ließ seine Erinnerung zu dem Moment hin schweifen, in dem er das magische Zeichen erkannt hatte und dem Stern gefolgt war. Dieser würde ihn – dessen war er sich sicher – zum Ziel allen Sehnens und Strebens führen. Die nagende Unruhe, die ihn sein Leben lang um- und angetrieben hatte, war plötzlich abgefallen.

Er ließ seinen Blick über die glatte, lichtdurchspielte Wasseroberfläche gleiten und erschrak, als sich ihm seine lange und deutlich gekrümmt Nase entgegenstreckte. „Charakternase" hatte seine Mutter liebevoll gesagt. Aber ein ums andere Mal war er in der Schule deswegen böse gehänselt worden. „Mohrrüben-Gesicht" oder „Wurzel-Face" waren noch die netteren Ausdrücke, mit denen seine Mitschüler ihn aufgezogen hatten.

Und mit diesem Haken im Gesicht sollte er nun dem Erlöser gegenübertreten, der ohne Zweifel am Ende der Reise auf sie warten würde? Völlig ausgeschlossen!

Idius wartete, bis seine drei Weggefährten tief eingeschlafen waren, packte leise seine Habseligkeiten zusammen, schwang sich auf sein Kamel und machte sich entschlossen auf den Weg zurück Richtung Heimat.

Zuhause angekommen, suchte er umgehend den Medicus auf, dem seine Familie seit Urzeiten schon ihr Vertrauen schenkte und bat diesen, seine Nase einer Operation zu unterziehen. Der tat, obwohl zögerlich, wie ihm geheißen. Wochen später entfernte er den Wundverband, und Idius blickte in sein neues Antlitz. Verwundert und fremd, aber doch zufrieden, schaute ihm sein Spiegelbild entgegen. Flugs schnürte er sein Bündel, um sich erneut auf den Weg zur Oase zu machen.

Er war noch nicht lange geritten, als er merkte, dass es ihm unangenehm am Bauch zwackte. Die Hose! Sie war ihm einfach zu eng geworden. Denn in den langen Wochen der Rekonvaleszenz hatte Idius sich wenig bewegen können und dabei sichtlich an Bauchumfang zugelegt. Ein kleiner Fettring schwabbelte lebhaft-lustig über seinem Hosenbund.

Nein! Das war ganz und gar unmöglich! Auch so durfte er den Retter der Welt nicht begrüßen! Da Idius ein Mann der Tat war, sah er sich um und ersann kurzerhand einen Trimm-dich-Pfad, der sich perfekt in die Landschaft der Oase hineinschmiegte. Dreimal täglich absolvierte er von da an sein ausgeklügeltes

Fitness-Programm. Viele Reisende waren sehr erstaunt, als sie Idius bei seinen neumodischen Verrenkungen beobachteten.

Nicht wenige von ihnen blieben in der Oase, um es ihm gleichzutun. Schon nach wenigen Woche brachten gewiefte Fremdenführer mehr und mehr Urlauber in die Oase, welche sich schnell zum ersten ökologischen Fitness-Paradies des Orients entwickelte.

Bereits nach wenigen Wochen war Idius' Bauchring verschwunden und viele neue Muskelstränge zierten einen festen Körper. Nun fühlte er sich stark genug, um seinen Weg wieder aufzunehmen.

Als er sich reisefertig machte, nahm er erstmals bewusst die vielen Menschen wahr, die jetzt in der Oase *sein* Fitness-Programm absolvierten. Da erfasste ihn eine rasende Wut! *Er*, Idius, hatte diesen Pfad erschaffen, und keiner dieser Gäste hatte ihm je gedankt, geschweige denn etwas dafür gezahlt! Eine solch himmelschreiende Ungerechtigkeit konnte nun wirklich nicht im Sinne des Schöpfers sein!

Umgehend machte sich Idius daran, einen kleinen Stand aus Sand und Palmzweigen am Eingang der Oase aufzubauen, um von nun an ein paar Taler von jedem zu kassieren, der seinen immer beliebter werdenden Naturtrimmpfad nutzen wollte.

Bald lief sein Geschäft so gut, dass er nur noch ganz selten Zeit hatte, an Kaspar, Melchior oder Balthasar zu denken. Und auch der Stern hatte schon längst seinen hellen und langen Schweif verloren, der ihm einst die Richtung gewiesen hatte.

Als er eines Abends stolz seinen Gewinn gezählt hatte, blickte er auf den kleinen Oasensee, der sich im sanften Licht des Mondes wiegte. Und da fiel es ihm wie Schuppen von den Augen. Sein Geiz und seine Habgier hatten ihn blind gemacht und von seinem wahren Ziel abgelenkt. Von diesen Lastern musste er sich so schnell wie möglich befreien!

Idius nahm all sein Angespartes, ritt zurück in die Stadt, um sich nach Armen und Bedürftigen umzusehen, die aus seinem beträchtlichen Vermögen etwas Rechtes würden machen können. Als er sein ganzes Hab und Gut mehr oder weniger fruchtbar verausgabt hatte, machte er sich zum dritten Mal auf den Weg Richtung Oase.

Aber ach, diese verflixte Oase! Als ob ein seltsamer Zauber über ihr läge, hielt sie Idius jedes Mal einen neuen Spiegel vor. Unbarmherzigkeit, Unmäßigkeit, Verzweiflung, Pickel, Falten, Doppelkinn … Es gab so vieles, was der arme Idius an sich entdeckte und das er, so gut es eben ging, zu besiegen suchte. Doch es war wie verhext: Hatte er gerade den Sieg über das eine errungen, schaute das andere keck aus der nächsten dunklen Ecke hervor!

Dieser ungleiche Kampf hielt Idius derart in Atem, dass er nur noch ganz selten an sein eigentliches Ziel dachte und auch der Kunde von den Wundertaten eines mächtigen Heiligen im Westen kaum Aufmerksamkeit beimaß. Selbst die Nachricht, dass seine einstigen Weggefährten eine nicht unbeträchtliche Rolle in diesem Geschehen gespielt hatten, drang nicht allzu nah an Idius heran.

Einige Jahrzehnte vergingen so seit jener Nacht, in der er Kaspar, Melchior und Balthasar in der Oase zurückgelassen hatte. Da erstrahlte eines Abends ein besonders helles Sternengespann am Himmel und Idius' Blick fiel auf sein eigenes, müde gewordenes Antlitz, das sich im Oasenteich spiegelte. Er sah die operierte Nase mit der kleinen Narbe, fühlte seinen inzwischen beträchtlichen Bauchumfang, nahm den Funken von Habgier wahr, der in seinen Augen aufblitzte. Seine Härte, seine schiefen und dunkel gewordenen Zähne ... Er sah Eifersucht, Stolz und vieles mehr. Jede noch so kleine Verdunkelung wurde vom Licht der Oase unbarmherzig zurückgeworfen.

Auch seine Talente sah er und mit ihnen die guten Taten, die er vollbracht hatte. Er versank völlig in dieses faszinierende Schauspiel des Auftauchens und Verschwindens. Zeit und Raum verloren ihre Bedeutung. Und eine tiefe Ruhe kehrte in ihn ein. Idius schaute und schaute. Er schaute einfach, ohne irgendetwas zu tun. Menschen erzählen, dass er viele Stunden und Tage dort gesessen habe und nicht einmal aufblickte.

Da geschah es. Völlig unerwartet und gleichsam so selbstverständlich, als wäre es nie anders gewesen, blickte Idius demjenigen ins Auge, der er wirklich war. Und so war auch Idius, viele Jahre nach Kaspar, Melchior und Balthasar, schließlich an der Krippe angekommen.

Reality-TV am Heiligen Abend

Guten Abend, liebe Zuschauer, herzlich willkommen hier am Heiligen Abend! Wir begrüßen Sie zum Vorabendprogramm von RWNB – *Rekorde, die die Welt NICHT braucht*! Heute sehen Sie den letzten Teil der aktuellen Staffel 2RB – *Two Run for Bethlehem*.

Vergessen Sie Ihre Geschenke, denn jetzt geht´s hier los! Sie sind bestimmt schon genauso megagespannt wie wir hier im Studio auf die Ereignisse im Westjordanland!

Denn nun sind wir live dabei bei 2RB und der letzten Challenge von Mary X., die zum zweiten Mal versucht, einen der letzten Uralt-Rekorde von RWNB zu knacken. Was glauben Sie, liebe Zuschauer vor den Bildschirmen, schafft es Mary, noch vor ihrer Niederkunft in Bethlehem anzukommen und damit den längsten je gelaufenen Fußmarsch einer Schwangeren im 9. Monat zu performen? Gelingt es Mary und ihrem Mann Joseph, den Stall ohne die Hilfe von Google-Maps und die AirBnB-App zu finden? Und wie wird sich Joseph diesmal schlagen? Wird ihn das

Publikum heute wieder abwählen oder wird er bei unserer Neujahrsstaffel den Titel als BSBAH – *Best Skilled Birth Assisting Husband* – verteidigen?

Und jetzt schalten wir live rüber zu unserem Reporter Eddie B. in die Westbank, wo die beiden heute Morgen ihre erste große Challenge zu bewältigen hatten. Eddie, wie ist es dort bei Bait Dschala gelaufen? Haben die beiden ihre Challenge gemeistert und sind auf palästinensisches Gebiet vorgedrungen?

Guten Abend, liebe Gäste, in Deutschland und überall auf der Welt. Das ist einfach Wahnsinn. Die Bilder, die sich hier heute abgespielt haben. Wahn-Sinn!!!
Hier sehen Sie noch das Maschinengewehr, mit dem die Grenzbeamten unsere 2RB-Helden heute Morgen bedroht haben, als diese versuchten, mit ihrem amerikanischen Pass in die Westbank zu gelangen. Was für ein Szenario! Nichts für schwache Nerven! Das sag ich Ihnen. Selbst 9 11 verblasst dagegen.

Was meinen Sie, liebes Publikum, was Mary getan hat, als man ihr das Maschinengewehr vor die Nase hielt? Ihre 2RB-Heldin Mary X., die nicht nur im 9. Monat noch aussieht wie eine durchtrainierte

Fitness-Ikone, sondern mit einem IQ von 96 auch eine echte Checkerbraut ist … Was tut sie? … Sie zückt ihren RWNB-Ausweis und hält ihn genau vor den Gewehr-Lauf. Das ist einfach un-glaub-lich!!!

Und – Sie ahnen bestimmt schon, wie es weiterging, nicht wahr? Die Soldaten lassen ihre Gewehre sinken, der Grenzbaum wird angehoben und – das werden Sie jetzt nicht glauben, aber wir zeigen Ihnen hier die Bilder – die Grenzbeamten stehen Spalier und winken, als die beiden passieren! Einfach un-glaub-lich! Diese Szenen des Triumphs, diese Bilder der Menschlichkeit. Was selbst Donald Trump nicht geschafft hat, schafft die weltweite RWNB-Community. Das ist einfach Wahnsinn!!!

Nun haben wir Mary und Joseph kurz vor der Krippe eingeholt und Mary wieder live für Sie vor der Kamera:

Mary, wie fühlen Sie sich?

> Oh, ganz großartig. Really great! Ich bin so sure, dass mein Sohn als King von 2RB geboren wird. Das ist mega. Voll Fame.

Danke, Mary, für diesen O-Ton kurz vor der Geburt, extra für Sie Zuhause.

Hier nochmal exklusiv für alle RWNB-Seher: Marys Bauchdecke im Close-up – sehen Sie, liebe Zuschauer, das leichte Zucken, das könnten die ersten Wehen sein und es sind noch rund 5.000 Schritte bis zur Krippe! Bleiben Sie also dran, um zu sehen, ob es Mary trotz der einsetzenden Wehen bis zum Stall schafft.

Und nun aus unserem Studio hier in Deutschland eine kurze Experten-Meinung von unserem IT-Manager. Ronny, was sagt die mega-neue BUS-App dazu, die extra für diese Staffel entwickelt wurde?

Ja, liebe Zuschauer, das ist wirklich Wahnsinn. 60 cm Bauchumfang im 9. Monat. Auch das ist rekordverdächtig. Was? Ich höre gerade, was die Redaktion sagt. Nein! Das gibt es nicht. Es IST Rekord! Kleinster BMI ever, der je bei einer Schwangeren in der Westbank registriert wurde. Und Sie, liebe RWNB-Fans, sind live dabei. Das ist einfach Wahnsinn. Hier jagt eine Sensation die nächste.

Und Ihnen geht es sicher wie mir. Sie können jetzt wirklich zur Erholung eine Werbepause gebrauchen! Gleich geht's weiter, bleiben Sie dran! Versäumen Sie es nicht, bei der Geburt des neuen RWNB-Stars dabei zu sein.

Werbepause

Liebe Zuschauer, da sind wir wieder bei 2RB. Und hier überschlagen sich wirklich die Ereignisse. Nochmal kurz für alle, die sich später zugeschaltet haben, die Highlights aus den 23 vergangenen Staffeln:

Mary X. and Joseph F. aus Kansas nehmen am 1.12. ihren Weg aus der israelischen Hauptstadt nach Bethlehem auf. Hier sehen wir Mary, die trotz ihrer 8 Monate noch rank und schlank mit einem BMI von 20 in die Kamera strahlt. Ihr PFI von 273 ist für eine Frau in diesem Stadium der Schwangerschaft wirklich ganz großartig. 300 Kilometer liegen vor ihnen, die sie vom RWNB-Rekord trennen. Das Ganze ohne Google Maps, AirBnB-App und natürlich unter strenger Wahrung der Hygiene- und Abstandsregeln.

Hier sehen wir die beiden nach 20 Tagen. Fast 700.000 Schritte zeigt die Anzeige für Mary. Beide wirken noch megafit, absolut stylish und voll positiv. Und Mary hat beim PFI sogar noch zugelegt, 273,5, zwei Wochen vor dem errechneten Geburtstermin. Das ist rekordverdächtig! Was meinen Sie, liebe Zuschauer, wird es Mary schaffen, ihren PFI vor der Geburt sogar noch zu steigern? Und was glauben Sie, wird unsere Mega-Mary es schaffen, die 1.000.000-Schritte-Marke zu knacken?

Bleiben Sie dran. Denn jetzt sind wir wieder live dabei mit unserem Reporter Eddie.

Hallo hier aus der Westbank. Da hinten, am Horizont, sehen wir schon die Krippe, wo alles für den geplanten Kaiserschnitt vorbereitet ist. Mary und Joseph sind jetzt fast angekommen! Das ist unglaublich.

Joseph, wie fühlen Sie sich so kurz vor dem Ziel?

> Total great. Ich bin voll happy. Einfach Wahnsinn, eine Mega-Show und ein Top-Event.

Und die Wehen werden stärker …

> Voll krass ist das.

Sind Sie auf die Geburt vorbereitet, Joseph?

Absolut. Hab mir 10 YouTube-Videos reinge-
zogen. Das läuft, Mann!

Mary, und was werden Sie als Erstes tun, wenn Sie
das Ziel erreicht haben?

Was meinen Sie, liebe Zuschauer, was wird Mary tun,
wenn sie und Joseph den Stall erreichen? Geben Sie
jetzt Ihr Vote und gewinnen Sie zwei dreiteilige Kai-
serschnittsets zum Preis von einem. Stimmen Sie
jetzt ab, jede richtige Stimme nimmt an der Verlo-
sung teil.

Wählen Sie die Nummer 0187777777 – ich wieder-
hole: 018, sieben Mal die 7 –

und die Endziffer 1, ...
... wenn Mary einen Fitnessdrink zu sich nehmen
wird,

die Endziffer 2, ...
... wenn Mary ein Pre-Birth-Selfie an ihre Fan-Com-
munity verschicken wird,

oder die 3, ...

... wenn Mary eine schamanische Gebetsformel sprechen wird, um die schlechten Vibrations aus dem Stall zu vertreiben.

Und wenn Sie Ihr Vote abgegeben haben, schalten Sie nicht ab, bleiben Sie dran. Verpassen Sie keine einzige Minute der Geburt des neuen RWNB-Stars. Wir sind gleich wieder für Sie da – dann mit der amerikanischen Star-Hebamme Lynn White und dem dreimaligen RWNB-Gewinner Frederick B. Walter, der den Kaiserschnitt durchführen wird.

Werbepause

[...]

THE END (1)

Bei Blaschkes im Wohnzimmer.

Otto, deck doch bitte endlich den Tisch – die Kinder kommen jeden Moment!

Otto, jetzt reicht's aber wirklich! Hockst da vor der Glotze, statt zu helfen! ... Was gibt's denn? ... Ach, wieder dieses RWNB-Zeugs ... Sag jetzt bloß nicht, dass wir deswegen unser Weihnachtsessen verschieben sollen!

Mensch, Hilde, das ist wirklich spannend. Gleich gibt's 'nen Kaiserschnitt – live!

Otto, jetzt platzt mir wirklich der Kragen. Unglaublich! Bei meinen Geburten warst du zu feige, mit in den Kreißsaal zu kommen, und jetzt willste dir am Heiligabend 'nen Kaiserschnitt reinziehen. Live ... Ich fasses nicht! Wer sendet denn so was? ... Wenn's nicht anders geht, nimm das Zeug doch auf. Aber jetzt beweg endlich deinen Hintern und deck den Tisch!

Otto erhebt sich widerwillig, drückt seufzend die Videotaste und trottet dann ergeben ins festlich geschmückte Esszimmer.

THE END (2)

Warum meine Urgroßtante Beatrix an Weihnachten keine Unterröcke trug

Diese Geschichte spielt zu einer Zeit, als die Menschen – sofern sie wenigstens über einen kleinen Wohlstand verfügten – noch Wein-nachts-bäume und Wein-tags-bäume in ihre Gärten pflanzten. Zu jener Zeit galt es als ganz selbstverständlich, dass die Menschen häufiger einfach weinen mussten – mal tagsüber, mal nachts. Und dafür musste es – ebenso selbstverständlich – einen würdigen und tröstlichen Platz geben. Die großen, ausladenden Wein-bäume mit ihren dicken Stämmen waren wohl gut geeignet für diese Aufgabe. Man konnte sich großartig an sie anlehnen und Halt erfahren, man konnte sie umarmen, um die Liebe wieder fließen zu lassen, oder man konnte einfach in ihrer beständigen Präsenz und im Schutz ihres beruhigend säuselnden Blätterdaches verweilen, bis die Tränen von selbst versiegten. Man sagt sogar, dass die aufrichtigen salzigen Tränen diese Bäume besonders nährten und außergewöhnlich intensiv grünen und sprießen ließen.

Die Weinnachtsbäume wurden – und so war es jahrhundertealte Tradition – sehr nahe beim Haus gepflanzt. Denn sollten einen des Nachts die Tränen heimsuchen, so musste man nicht allzu weit durch die Dunkelheit irren, dort gar stolpern oder einem wilden Tier begegnen, sondern konnte sich in schützender Nähe der Hausmauer in aller Ruhe ausweinen. In sehr kalten Gegenden wurden die Weinnachtsbäume um die Weihnachtszeit sorgsam ausgegraben und in einer geschützten Ecke im Haus aufgestellt, damit die Menschen auch in kalten Winternächten wohlgewärmt und ohne eisige Eile die nötigen Tränen ausweinen konnten.

Die Weintagsbäume pflanzte man traditionellerweise ganz hinten in den Garten – dort, wo man selbst im grellen Sonnenlicht vor neugierigen Blicken geschützt war und den Tränen freien Lauf lassen konnte. Dem Umstand, dass die Weintagsbäume so weit vom Haus entfernt gepflanzt wurden, war es vermutlich geschuldet, dass sie im Laufe der Zeit bei immer kleiner werdenden Gärten mehr und mehr aus der Mode kamen und ganz allmählich völlig in Vergessenheit gerieten.

Seines taglichtigen Bruders beraubt, geschah es dann fast wie von selbst, dass das ursprüngliche Wesen des Weinnachtsbaumes immer weniger verstanden wurde und dieser sich nach und nach zu dem wurzellosen und stacheligen Kugel- und Kerzenhalter entwickelte, den wir heute als Weihnachtsbaum kennen. Nur die seltene Sitte, den Weihnachtsbaum samt seiner Wurzeln im Wohnzimmer aufzustellen, um diesen anschließend zurück in den Garten zu pflanzen, erinnert noch ein ganz klein wenig an die ursprüngliche Herkunft unseres heutigen Weihnachtsbaumes. Aber das passierte alles erst viel später als die Geschichte, die ich nun erzählen werde.

Als meine Vielfach-Urgroßtante Beatrix lebte, waren die traditionellen Weinnachtsbäume überall verbreitet – und es gab sogar vielerorts noch Weintagsbäume. Und ebenso gab es viele andere altmodische Sitten, die uns heute mitunter sehr seltsam erscheinen mögen. Wie alte Familienporträts zeigen, trug zum Beispiel Tante Beatrix gleich drei stattliche Unterröcke, da es sich in dieser Zeit für junge unverheiratete Frauen so geschickt haben soll.

Nun weinte meine Vielfach-Urgroßtante Beatrix eines Heiligabends am Weintagsbaum gar viele Tränen. Das kann man nur allzu gut verstehen, hatte ihr heimlicher Verlobter Helmut ihr doch hoch und heilig versprochen, nicht später als bis zum Mittag des Heiligen Abends seinen Fronturlaub zu nehmen, um bei ihrem Herrn Vater um ihre Hand anzuhalten. Und nun dämmerte es, das Festmahl war schon fast eröffnet – aber kein Helmut war erschienen.

Schmerz, Sorge, Wut, Scham, Angst, Hass und Verzweiflung rangen in Beatrix Brust um die Vorherrschaft und mischten sich in ihre dicken Tränen. So außer sich war sie, dass sie kaum bemerkte, wie sie sich mit ihren drei stattlichen Unterröcken in niedrigem Astwerk verhedderte. Erst ein lautes „Ratsch" brachte Beatrix in die Gegenwart zurück. Vor Schreck machte sie, als ob noch nicht genug des Übels geschehen wäre, in die Hose – oder besser gesagt, in ihre Unterröcke.

Entsetzt starrte sie auf diese Bescherung. So konnte sie auf keinen Fall im Festsaal erscheinen! Doch ihre drei Wechselunterröcke hingen noch zum Trocknen im Keller. Zum Glück war meine Vielfach-Urgroßtante Beatrix, wie man von allen Frauen unserer Familie erzählt, eine Frau der mutigen Tat. Kurz entschlossen zog sie ihre drei nassen und nun armselig herunterhängenden Unterröcke aus, versteckte sie in dem Erdloch, aus dem der Wein-nachtsbaum gerade ausgegraben und in den Salon gebracht worden war. Später, in der Dunkelheit, würde sie die arg zugerichteten Kleidungsstücke hoffentlich ungesehen ins Haus holen. Und dann machte sich Beatrix entschlossen, ohne die drei Unterröcke, auf den Weg zur Festtafel.

Dank sei Gott sah ihr sehr gestrenger Herr Vater zu diesem Zeitpunkt schon so schlecht, dass er das unsittliche Auftreten seiner Ältesten nicht bemerkte. Natürlich entging der Frau Mutter, für solche Dinge immer aufmerksam, die unglaubliche Aufmachung ihrer Tochter nicht. Ihre Kinnlade klappte leicht herunter, das Missfallen konnte sie nur mit größter Mühe verbergen. Aber so schwer es ihr auch fiel, sie musste wohl oder übel jedes Wort hinunterschlucken. Denn nach 30 Jahren Ehe wusste sie nur allzu gut um die aufbrausende Art ihres Gatten, die zweifelsfrei der ganzen Familie den Festabend verdorben hätte, hätte er auch nur den Hauch einer Ahnung von dieser unzüchtigen Erscheinung meiner Vielfach-Urgroßtante Beatrix gehabt.

Die jüngeren Geschwister unterdrückten nur mit Mühe ein Kichern über die Keckheit ihrer großen Schwester und vermerkten die kleine Rebellion in der Schatztruhe ihrer Anekdoten, um diese bei späterer Gelegenheit darzubieten …

Als Beatrix sich ohne die sonst so einschränkende Enge um den Bauch ganz unfein und hemmungslos zum Nachtisch durchgefuttert hatte, ließ ein Klopfen an der Tür alle erstaunt hochfahren. Die Mutter öffnete die Tür. Da stand er. Helmut! Gar demütig und bescheiden bat er darum, eintreten zu dürfen. Er versicherte unterwürfig und überaus höflich, dass der Anlass sein Vorsprechen zu diesem unziemlichen Zeitpunkt rechtfertige. Aufgrund der Kriegswirren habe er sich leider verspätet, müsse aber noch vor Mitternacht an die Front zurück, da im Norden jeder Mann gegen die überraschende Invasion des Feindes gebraucht würde. Nur mit viel List und Überredungskunst habe er überhaupt den halben Tag frei bekommen.

Die Eltern ahnten wohl, um was Helmut bitten würde. Da ihnen seine respektvolle Art sehr gefiel, baten sie ihn herein und schickten die jüngeren Geschwister zum Aufräumen in die Küche. Beatrix´ Herz hüpfte und hüpfte vor Freude, die sie so noch nie zuvor erlebt hatte. Ohne Umschweife brachte Helmut sein Anliegen hervor und die Eltern zogen sich zu einer kurzen Beratung ins Nebenzimmer zurück. Da waren Beatrix und Helmut nun für ein paar Momente allein. So kurz, dass man kaum etwas Unanständiges vermuten würde, aber gerade lang genug, dass Helmut Beatrix in seine stattlichen Arme nehmen und fest an sich drücken konnte.

Da erst bemerkte er, dass seine Auserwählte gar nicht ihren üblichen Schutzwall von drei Unterröcken um sich trug. Und da genau in diesem Moment das

Feuer der Leidenschaft bei beiden gleichsam heftig entfacht wurde, wagte Helmut mit Beatrix´ feurigem Einverständnis den ersten zielstrebigen Griff unter den Rock seiner Geliebten. Auf die lodernden Flammen, die daraufhin um sie tanzten und feurige Funken sprühten, waren beide nicht im Geringsten vorbereitet.

Und so war es wirklich ein sehr großes Glück, dass genau in diesem Moment die schlurfenden Schritte der Eltern wieder zu hören waren und es den beiden gerade noch gelang, wieder so weit Herr und Frau ihrer Sinne zu werden, dass selbst die prüfenden und durchdringenden Augen der Mutter nichts von diesen zu jener Zeit undenkbaren unsittlichen Vorgängen ahnten. Denn umgehend und unumstößlich – das könnt Ihr Euch nach den kleinen Einblicken in die damalige Zeit nun sicher vorstellen – hätten die Eltern ihr Einverständnis zur Vermählung zurückgezogen, hätten sie auch im Entferntesten eine solch verwegene Tat vermutet.

Von überschäumendem Glück und Leidenschaft durchflutet, gelang es Beatrix in der Nacht, ihre Unterröcke angemessen zu reinigen und zu flicken. Morgens kleidete sie sich in ihre inzwischen getrockneten Ersatzunterröcke – gerade so, wie es sich eben zu dieser Zeit gehörte. Selbstverständlich kam sie nicht umhin, ihrer Mutter zum Missgeschick am Weintagsbaum Rede und Antwort stehen zu müssen. Meine vielfache Urgroßtante Beatrix wird sich wohl vielmals und demütig bei ihrer harten, aber doch guten Frau Mutter entschuldigt haben. Denn letztlich erweichte sich ihr Herz und sie verzieh ihrer Tochter die unsittliche Entgleisung am Heiligabend – soweit es überliefert ist – vollständig.

Beatrix und Helmut, so erzählt man sich bis heute in unserer Familie, hielten bis an ihr Lebensende die Tradition heilig, dass Beatrix am Heiligabend nie wieder einen Unterrock tragen durfte. Und allein die Erinnerung an jenen denkwürdigen Heiligabend habe Jahr um Jahr das Feuer in beiden immer neu auflodern lassen. Dies mag wohl ein gewichtiger Grund dafür gewesen sein, dass die Flammen der Leidenschaft in ihrer Ehe bis ins hohe Alter hinein nie ganz verlöschten.

Dieses Geheimnis – auch wenn es sich noch so sehr hinter fest zugezogenen Vorhängen verbarg – ließ sich natürlich nicht ganz geheim halten. Es kursierten die abenteuerlichsten Gerüchte über das, was sich am Heiligen Abend hinter den dunklen Gardinen im Hause meiner Vielfach-Urgroßtante Beatrix abspielte. Dies trieb den alternden Eltern manches Mal Verzweiflung und Schamesröte in Herz und Gesicht. Meine Urgroßtante Beatrix aber wurde mit ihrer Befreiung von den drei Unterröcken zur ersten mutigen Vorreiterin der Frauenbewegung.

Seid meiner Vielfach-Urgroßtante Beatrix also sehr dankbar, liebe Jungen und Mädchen. Und wenn Ihr so recht keine Vorstellung mehr davon habt, wovon sie Euch befreit hat, so leiht Euch in einem Kostümverleih drei Unterröcke aus und versucht einmal, Euch damit eng zu umarmen.

Was mich an dieser Geschichte allerdings sehr verärgert, ist, dass sogar sehr gestrengen und traditionsbewussten Deutschlehrern, so haarklein sie auch sonst die Texte ihrer Schüler sezieren, mit der Zeit das völlig überflüssige „h" im „Weihnachtsbaum" keines Rotstiftes und keines verzweifelten Kopfschüttelns mehr wert war. So fand es Eingang in den ersten Rechtschreib-Duden. Und daher erinnert heute nichts mehr an den heilbringenden Ursprung des Wei(h)(n)-nachts-baumes, und meine Geschichte mag den meisten Menschen, ganz fälschlicherweise, als reine Ausgeburt blühender Phantasie erscheinen.

Corona-Rock

Insgeheim war ich erleichtert. Es war Corona, und so würde ich endlich einmal dem traditionellen Weihnachtsfest im Kreis unserer Großfamilie entgehen. Bei diesem Gedanken fiel mir eine Zentnerlast vom Herzen. Trotz meiner 33 Jahre hatte ich mich bislang nie getraut, dem unhinterfragten Weihnachtsdruck meiner Sippe zu trotzen, der allein schon ausreichte, um mir das Fest gründlich zu verderben. Wer um Himmels willen genoss diesen Abend mit unserer rund zwanzigköpfigen Verwandtschaft nur? Meine Cousinen waren die Einzigen, mit denen ich bislang unter dem tiefsten Siegel der Verschwiegenheit über dieses Thema gesprochen hatte. Und sie hegten das gleiche Unwohlsein wie ich, wenn der 24. Dezember unaufhaltsam näherrückte.

Meine Erinnerung fiel auf den letzten Heiligabend. Oder war es das Jahr davor? Vielleicht verschwammen die vielen Feste ja auch zu einem? Bilder lebten in mir auf von einem Weihnachtstag, der schon früh die ersten Missklänge ertönen ließ. Meine gerade volljährige Lieblingscousine Lou war seit einiger Zeit zur überzeugten Feministin geworden. Und jetzt weigerte sie sich, die übliche Rollenverteilung in unserer

Familie hinzunehmen. Mit bitterbösen Worten und Blicken versuchte Lou, meinen Vater, seinen Bruder Werner und Schwager Hagen von ihrer hochheiligen Skatrunde aus dem Wohnzimmer in das Küchenreich meiner Mutter zu beordern. Dort sollten sie neben meinen Tanten Hildegard und Marianne sowie Lous Schwester Alex gleichberechtigt ihren männlichen Part leisten. Die drei konnte bei Grand Hand und Null Ouvert aber, wie gewohnt, nichts aus der Ruhe bringen und Lous Giftpfeile prallten erfolglos an ihnen ab. Ich wusste nicht, was ich mehr bewundern sollte: Die gleichmütige Dickfälligkeit der Herren oder Lous unbedingte Entschlossenheit. Als Lou allerdings auch beim Festmahl keine Ruhe gab, gingen selbst mir ihre schneidenden Bemerkungen allmählich auf die Nerven.

Wir versuchten, so zu tun, als gäbe es die bösen Töne nicht. Bis Onkel Hagen nicht mehr an sich halten konnte und – mit einem kurzen Seitenblick auf seine eigene Ehefrau – bissig den guten alten Schiller zitierte: „Da werden Weiber zu Hyänen …". Für einen kurzen Moment stockte uns allen der Atem. Selbst Lou verschlug es die Sprache. Ich hätte schwören können, dass Marianne nicht nur verbittert ihren Kiefer zusammenbiss, sondern ihrem Angetrauten unter dem Tisch recht heftig ins Knie kniff. Da wir langjährige Erfahrung beim Überspielen von unangenehmen Momenten gesammelt hatten, fingen wir uns schnell wieder und setzten unsere Gespräche fort. Marianne aber ließ diese öffentliche Demütigung nicht auf sich sitzen. Sie rächte sich, indem sie meinen Onkel im nächsten Moment wie einen Schuljungen zurechtwies, als jener sich ziemlich gierig und unansehnlich den gefüllten Putenbraten in den Mund stopfte. Dabei sabberte das Fett aus Hagens Mundwinkeln, so dass es ihm über Kinn und Brust lief, bis er es entschieden mit seinem Ärmel abwischte. Essmanieren hatten bei uns generell wenig Lobby, und vor allem die Männer unserer Sippschaft verschlangen jedes noch so mühsam zubereitete Festmahl in Rekord-Zeit, ohne besonders auf gängige Sitten zu achten. An dieser Stelle hatte unser familiäres Schamgefühl allerdings seine Grenzen erreicht, und wir alle schauten betreten-bemüht an Hagen vorbei. Ich unterdrückte einen leichten Ekelschauer.

Nur Großtante Gertrud ergriff dankbar die Gunst der Stunde und ließ den giftigen Worten, die Hagen aus Schillers vielgerühmter Glocke zitiert hatte, lauthals und eindringlich das ganze 13-seitige Gedicht folgen. Das kannte sie seit Schultagen auswendig und stellte ihre Gedächtnisleistung bei jeder passenden oder unpassenden Gelegenheit gerne und ungebeten zur Schau. Unmöglich, ihrer Stimm- und Gesten-gewaltigen Darbietung zu entkommen.

„So, und nun, meine lieben Neffen und Nichten, zeigt mal, was *ihr* in der Schule lernt!" ging Gertrud nach der letzten Gedichtzeile nahtlos zum nächsten Programmpunkt über, der unter unserem Tannenbaum nie fehlen durfte: Alle schulpflichtigen Familienmitglieder mussten im Schein der Lichterkette ihre letzten Schulzeugnisse vorzeigen. Diese sezierte Tante Gertrud, die ehemals eine gestrenge und viel geachtete Grundschuldirektorin gewesen war, höchst genau. Jedes „befriedigend" wurde stirnrunzelnd und verächtlich kommentiert. Für die ausreichenden Leistungen meines Lieblingsneffen Emil hatte Gertrud nur ihr allseits gefürchtetes Schnauben übrig, das nicht selten in eine vernichtende Strafpredigt mündete. Deren Worte trafen fast genauso schmerzend wie die Stockhiebe, die zum Glück heutzutage verboten sind, aber von Gertrud in jungen Jahren im Klassenraum nicht ungern ausgeteilt worden sein sollen. Zu unser aller Erleichterung schien unsere Großtante an diesem Weihnachtstag jedoch recht milde gestimmt und für Emil gab´s sogar noch 5 Euro, während Lou und Max jeweils 20 Euro sowie einige aussortierte Haushaltsgegenstände („als Aussteuer" – wie Gertrud zu verstehen gab) abstaubten.

Als wir nun auch diese Prozedur hinter uns gebracht hatten, posaunte Oma Lisbeth zum Furcht einflößendsten Teil: „So, und jetzt wird gesungen!" Während wir stumm aufstöhnten und verstohlen Blicke tauschten, das Junggemüse lässig-genervt seine iPhone-Kopfhörer in die Ohren stopfte, trafen Lisbeth, Gertrud, meine Mutter und Hildegard in trauter Runde unter dem Baum zusammen. Lisbeth stimmte an, nahtlos fielen die anderen ein, um uns demonstrativ-aufdringlich „Oh du Fröhliche" entgegenzuschmettern – in einer Lautstärke und ungewollten Mehrstimmigkeit, die keine ablenkenden Gespräche mehr zuließ. Das Repertoire des Damen-Quartetts war beträchtlich, und just in dem Moment, als die vier „Süßer die Glocken nie klingen" anstimmten, hörten wir wirklich und wahrhaftig die Türglocke. Ich bin weder esoterisch veranlagt noch glaube ich an göttliche Fügung, doch dieses Zusammentreffen konnte ich nur mit Mühe als seltsamen Zufall abtun. So süß hatte in der Tat selten eine Glocke in meinen Ohren geklungen. Der allseitigen Erleichterung über die Unterbrechung des Konzerts tat es auch keinen Abbruch, dass kurz darauf Onkel Karl sturzbetrunken ins Wohnzimmer torkelte und wankend zwischen dem Gesangsquartett seinen Platz am Tannenbaum einnahm.

Meine Cousine Alex und ich hatten Karl vier Stunden zuvor in seiner Eckkneipe zurückgelassen. Erfahrungsgemäß hatten wir beide den beruhigendsten Einfluss auf meinen – nicht nur unter Alkoholgenuss – leicht reizbaren Onkel und wurden daher seit Kindertagen an hohen Familienfeiertagen dazu auserkoren, Karl von seinen Saufkumpanen loszueisen und dem festlichen Familientreffen zuzuführen. Ein ums andere Mal kehrten wir erfolgreich mit Karl im Schlepptau nach Hause zurück.

Und auch in diesem Jahr ließ sich die „Mission Karl" gut an: Unser zu dem Zeitpunkt noch fröhlich-angeheiterter Oheim lud uns zu einem Spiel „Ratte vorwärts" und der traditionellen Pepsi großzügig an der Theke ein, wo er mit einer vollbusigen grellen Blondine und zwei bierbäuchigen Pensionären den Knobelbecher schwang und gleichzeitig den Spielautomaten hinter sich mit Münzen fütterte. Nach zwei Runden, die Alex beide gewann, schickte Karl uns mit dem Auftrag nach Hause, meiner Mutter auszurichten, dass er bald käme.

Und da stand er nun mit glasigem Blick neben dem Baum, stimmte grölend in „Macht hoch die Tür" ein und übertönte die Damen mit seinem gewaltigen und alkoholisch enthemmten Organ sogar noch. Dabei schunkelte Karl so wild, dass er die vier nun off-

ensichtlich pikierten Sängerinnen zusehends aus dem Takt brachte und schließlich erstaunlich elegant zu „Wir wollen einen heben" überleitete. Da hatte er die Damen abgehängt! Erbarmungslos entfesselt dröhnte Karl weiter. Bei „Eisgekühlter Bommerlunder" und „Es gibt kein Bier auf Hawaii" gab´s dann auch für unsere Skatfraktion kein Halten mehr und unter verkniffenen Gesichtern des Frauenquartetts schmetterten die Herren nun begeistert gemeinsam die allseits bekannten Trinklieder. Auch meine ansonsten sangesscheuen Neffen Max und Emil stimmten lauthals mit ein. Sie befanden sich nun schon seit geraumer Zeit in der Lebensphase, in der Alkohol eine wichtige Rolle im Leben zu spielen begann und Loblieder auf das Besoffensein als ausgesprochen „cool" galten. Zu guter Letzt machte die stimmgewaltige Herrenriege Weihnachten endgültig den Garaus und läutete mit „Da steht ein Pferd auf dem Flur" die Karnevalssaison im Hause Meersmann ein.

Selbst in unserer so duldsamen Familie war es irgendwann einmal genug! Verstohlen schlich ich mich mit meinen Cousinen in die Küche. Lieber den Abwasch erledigen als diesen Zirkus noch länger mit anhören zu müssen! Als wir zwischen Spülen und Abtrocknen Familientratsch austauschten und hemmungslos über unsere Altvorderen abläsberten, kehrten unsere Lebensgeister langsam zurück. Aus sicherer Distanz schüttelten wir uns sogar vor Lachen über das immer unerträglicher werdende Gegröle bei langsam stärker aufkeimendem Frauengekeife.

Doch allmählich änderte sich der Ton. Oh – es schlug um in Aggression! Die Anzeichen kannten wir leider nur allzu gut. Schon bald hörten wir ein gewaltiges Gebrüll und stürzten besorgt ins Wohnzimmer. Dort hatte mein ältester Bruder Edmund, der ein ebensolcher Hitzkopf wie Kalle war, seinen Onkel am Wickel und drückte ihn aufs Sofa. Während Oma Liesbeth mit ihrem allseits vertrauten, betulichen „Ach, geh" die beiden erfolglos zu beschwichtigen versuchte, funkelte meine Mutter zornig abwechselnd Edmund und ihren untätigen Ehemann an. Letztlich setzten sich Papa und seine Skatbrüder in Bewegung und trennten die beiden Streithähne. Edmund machte mit einem wütenden „Leckt mich doch alle am Arsch" auf dem Absatz kehrt und verschwand, ohne seine Frau Hella noch eines Blickes zu würdigen, wohl in besagte Eckkneipe. Onkel Karl griff zu einer halbvollen Bierflasche, leerte diese auf ex, rülpste laut und verschwand dann mit einem verächtlichen „Scheiß-Stimmung hier" in die benachbarte Pension, die schon Jahre im Voraus an den Weihnachtstagen für unsere Familie reserviert war.

Etwas mitgenommen schauten wir in die Runde und versuchten – angestrengt, aber doch routiniert – das Gespräch wieder in Gang zu bringen. Das Geschehene sparten wir wie gewohnt aus und ignorierten gekonnt alle Versuche meiner Nichte Lou, unseren fragwürdigen Familienethos analytisch in den Blick zu nehmen. Nachdem wir die Weltkriege, Flüchtlingskrise, Strickmuster und Neuigkeiten über entfernte Verwandte und Promis als Gesprächsstoff bemüht hatten, verabschiedete sich Gertrud um ein Uhr ins Bett. Erleichtert schloss ich mich an.

Jetzt war es wieder Dezember. Und diesmal war Corona. Wenn auch nicht feststand, wie viele Personen sich aus wie vielen Haushalten unter dem Baum versammeln durften, so war eines jedoch sicher: Unser Fest würden wir nicht auf die übliche Weise begehen können. Edmund und Hella hatten schon lange abgesagt, da sie aus Angst vor Corona kaum mehr einen Schritt vor die Tür setzten und sogar zu ihren umtriebigen Söhnen möglichst viel Abstand hielten. Auch Oma Lisbeth wollte nicht kommen. Unter den besorgten Versuchen ihrer Töchter, sie vor dem Virus zu schützen und ihr – zunächst gegen ihren

Willen – jeden unnötigen Gang abzunehmen, war Liesbeth in ein anhaltendes Stimmungstief gefallen und verließ aus eigenem Antrieb ihre vier Wände gar nicht mehr. Lou drängte darauf, aller Regeln zum Trotz, zu feiern, um den autoritären Tendenzen unserer Regierung Widerstand zu leisten und für die persönlichen Freiheitsrechte einzustehen. Da tat sie sich ausnahmsweise ganz eng mit Onkel Kalle zusammen, der neuerdings unter die Querdenker gegangen war, einigen Verschwörungstheorien anhing und dem „Virus von Bill Gates" unter keinen Umständen auch noch unser traditionsreiches Fest zu opfern bereit war.

Großtante Gertrud hingegen hatte sich, wie jedes Jahr, als Erste eingeladen. „Es gibt keine Pandemie" verkündete Gertrud jedem, der es hören oder nicht hören wollte und widersetzte sich den Regeln, so gut es eben ging. Mit aller Macht drängte sie auf die „normale" Weihnachtsfeier im Kreise unserer Lieben. Mein Vater hatte jedoch mit überraschender Geistesgegenwart die Gunst der Corona-Stunde ergriffen und seiner Tante fürsorglich klargemacht, wie sehr sie uns am Herzen läge. Und daher würden wir in keinem Falle die Verantwortung tragen, dass sie sich womöglich bei uns mit dem Virus infizierte.

Heimlich frohlockte er, wie ich stark vermutete, dass er unter dem Weihnachtsbaum endlich einmal Schillers „Glocke" und den durchdringenden Stimmbändern unserer Großtante entgehen könnte.

Meine Mutter dagegen vertraute unserer Kanzlerin blind und achtete streng darauf, dass alle Regeln befolgt wurden. Und auch ich war als Krankenschwester überzeugt, dass wir alles Menschenmögliche tun mussten, um unser Gesundheitssystem nicht zu überlasten. So legten wir eine für uns ungewohnte Festigkeit an den Tag und ließen uns nicht überreden. Welch ein Glück, jubilierte ich innerlich, dass wir gerade in diesem Jahr um die weihnachtlichen Tischgespräche herumkommen würden. Da waren mir Kriegserinnerungen und Strickmuster doch lieber als der Zündstoff, den unsere unterschiedlichen „Corona-Standpunkte" bieten würden.

Mit dem unbedingten Weihnachtseifer meiner Mutter hatte ich nicht gerechnet. „Wir lassen uns unser Weihnachten nicht verderben und nicht verbieten!" beschloss sie nach ausgiebigen Gesprächen mit Hildegard und Marianne. Wir würden ganz regelkonform – traditionell und gebührend – diesen Heiligabend in trauter Familienrunde gemeinsam begehen. Und zwar digital! Unter mehr oder weniger freiwilliger Beteiligung aller Weihnachtsgäste wurde ein minutiöser Plan ausgeklügelt und dann entschlossen in die Tat umgesetzt.

Rechtzeitig gaben wir die kleinen Geschenke und Karten sowie Fotos von den Zeugnissen für Gertrud auf die Post. Zwei Tage vor Heiligabend standen Mutti, Hildegard, Alex und Lou in unserer Küche, um Steinpilz-Maronensuppe, die traditionell gefüllt Pute und Kartoffelgratin zu zaubern. Am 23. fuhren Max und Emil mit ihren gerade erworbenen Führerscheinen begeistert von Essen nach Kiel und über Hannover wieder zurück, um alle Haushalte mit dem Menü und unserem klassischen Weihnachts-Rioja zu beliefern und testeten dabei Karls BMW hemmungslos bis zum Anschlag aus. Die Gemüsebeilagen sollte, ebenso wie die ausgeklügelte Eiskreation, jeder Haushalt selber zubereiten.

Wir anderen waren – je nach vermeintlicher Vorliebe, Pragmatik, digitalen Kenntnissen oder Bereitwilligkeit – so über die Haushalte verteilt worden, dass keiner allein feiern musste. Lou und mich ereilte das Los, mit Tante Gertrud in Kiel zu feiern.

Um 18 Uhr trafen wir uns am Heiligabend auf Zoom. Eigenartig und aufregend, die ganze Sippe auf dem Bildschirm zu erleben. Gertrud und Lisbeth hatten sich noch nie im Netz bewegt und waren kaum zu beruhigen, als wie durch Zauberhand die Bilder ihrer Liebsten auf der Scheibe erschienen. Für besondere Erheiterung sorgte Marianne, deren bittere Kommentare eine unfreiwillige Komik erhielten, da sie sich – mit Zoom nicht vertraut – gar nicht bewusst war, dass alle ihr Gespräch mit Hagen mitanhören konnten und beide auf unseren Bildschirmen in Großaufnahme zu sehen waren: „Meine Güte, was für ein Doppelkinn hat die Hille bekommen ... Und die Alex sieht ja blass aus, mein Gott!" ... Brummen ... „Hagen, hörst Du mir überhaupt zu?" Dankenswerterweise schaltete Hagen an dieser Stelle das Mikro aus, ehe sich seine Frau weiter um Kopf und Kragen redete.

Nach mehrfachem Aus/Einschalten der Mikros, großem Hallo und Stimmenwirrwarr, bei dem keiner so richtig zu Wort kam, aber alle hibbelig und fröhlich durcheinander krähten, schaltete Onkel Werner uns ohne Vorwarnung stumm. Das führte bei meiner redseligen Großtante Gertrud zu einem ersten Empörungsschwall, der glücklicherweise schnell in Ehrfurcht umschlug: „Mensch, das hätte ich mir in meiner Lehrerinnen-Zeit auch gewünscht – auf Knopfdruck alle Schüler abschalten! Wunderbar!" Und so war zumindest in unserer Stube der erste Stimmungskiller erfolgreich entschärft worden.

Werner führte mit seiner Frau Edith, die ansonsten so unauffällig und stumm war, dass ich sie wohl bis zu diesem Zeitpunkt noch nicht erwähnt habe, souverän durchs Programm. Ja, so hatten wir es verabredet: Jeder Haushalt sollte mindestens einen Beitrag zum Abend leisten.

Als Auftakt prosteten wir uns bei weihnachtlicher Musik, die meine Mutter ausgesucht hatte, fröhlich mit einem Gläschen Sekt zu, gefolgt von einem lustigen YouTube-Video zu den Corona-Beschränkungen für die Weihnachtstage, das meine Neffen Emil und Max unter dem großen Angebot im Netz sorgfältig ausgewählt hatten. Uns hier oben in Kiel brachte es jedenfalls zum Lachen und ließ, gepaart mit den Sektperlen, eine beschwingte Fröhlichkeit in uns aufsteigen. Als Werner das Wort „Festessen" in glänzenden Lettern auf dem Bildschirm aufleuchten ließ und uns alle wieder stumm schaltete, machten wir es uns zum Essen gemütlich. Ab und zu prosteten wir in die Kamera oder schrieben in den Chat, wie hervorragend es uns schmeckte. So viel Aufmerksamkeit und Lob hatten unsere Weihnachtsköchinnen noch nie bekommen.

Lou, Tante Gertrud und ich hatten zum Glück genug anregenden Gesprächsstoff, weil wir unseren Weihnachtsbeitrag noch planen mussten. Gertrud bestand beharrlich auf ihrem Vorhaben, Schillers Glocke zu präsentieren. Erst mein vorsichtiger Hinweis, dass vor dem Bildschirm keiner sicher sein könne, dass sie es wirklich und wahrhaftig auswendig vortrug und nicht etwa ablas, zeigte eine erstaunliche

Wirkung auf meine Großtante. Aber auch die Alternativ-Vorschläge gefielen uns nicht so recht, bis der zündende Groschen fiel: Rock 'n' Roll! In jüngeren Jahren war Gertrud eine begeisterte Tänzerin gewesen, und auch Lou und ich hatten bei Landschulheim-Aufenthalten ein paar passable Schritte gelernt.

In wenigen Minuten und mit viel Heiterkeit stellten wir eine kleine Choreografie zusammen, die Gertruds Alter von 82 Jahren Rechnung trug. Nun ja, Sekt und Wein halfen außerdem unserem Mut zur Improvisation auf die Sprünge. Auf Bill Haleys Rock Around the Clock konnten wir uns schnell einigen.

Vor unserem Auftritt gab´s ein Karaoke-Weihnachtsliedersingen, das Hildegard und Marianne unter Alex´ technischer Hilfe vorbereitet hatten. Ohne die physische Präsenz ihrer drei Sangesschwestern, die es zu übertönen galt, regulierte Gertrud ihr lautes Organ ganz passabel. Lou und ich waren inzwischen so ausgelassen, dass wir einfach mitsangen und auch die schiefsten Töne mit Lachen kommentierten.

Gerade, als wir uns für unseren großen Auftritt bereit machten, schaltete sich Onkel Kalle überraschend doch noch aus einer subversiven Kellerbar zu. Ausgelassen begleitet von den dortigen Trinkkollegen, gab er spontan „Die Gläser sind leer, leer, leer – wir wollen noch mehr ..." zum Besten – was aus fröhlicher Distanz ganz erträglich war.

Als Werner die Thekenrunde alsbald wieder stumm schaltete, merkten die alkoholgeschwängerten Überraschungsgäste dies nicht einmal und liefen vor dem vermeintlichen Publikum zu allerlei darbieterischen Höhepunkten auf, die wir – so stumm – nach Belieben schmunzelnd verfolgen oder ignorieren konnten.

Und dann kam unser großer Moment! Werner spielte Bill Haley ein und los ging´s! Wir rockten in Gertruds Wohnzimmer haltlos ab. So vertieft waren wir, dass wir kaum merkten, dass Werner ungefragt weiter auflegte, es unsere ganze Familie nach und nach von den Stühlen riss und alle, so gut es eben ging, mitrockten. Selbst in Kalles Eckkneipe hatten sie inzwischen gemerkt, dass Programm und Musik gewechselt hatten und schwenkten ein. Kalle war es auch, der mit einer vollbusigen Rothaarigen das erste Solo ganz dicht vor dem Bildschirm wagte. So animiert, tanzte oder grimassierte ein Haushalt nach dem anderen entfesselt in Großaufnahme über die Mattscheibe.

Nach 20 Minuten sank Gertrud japsend in ihren Sessel, von wo aus sie die anderen weiter anfeuerte, um

Minuten später noch einmal alles beim Tanz zu geben. Auf diese Weise feierten wir noch lange weiter. Werner legte die unterschiedlichsten Gassenhauer aus verschiedenen Generationen auf. Zwischendurch prosteten wir uns zu, bis sich die Letzten, zu denen auch Lou und ich gehörten, um 3 Uhr morgens vom Bildschirm abmeldeten.

So verausgabt, sank ich zufrieden, vielleicht sogar glücklich ins Bett. In Gedanken prostete ich den Gesichtern auf dem Bildschirm noch einmal zu und schlief dann augenblicklich ein.

Engel mit Fußpilz

Als Amoriel aus seiner tiefen Engeltrance erwachte, war er sofort hellwach. Denn heute war der große Moment gekommen, an dem sein tiefster Herzenswunsch in Erfüllung gehen sollte. Der Moment, in dem er den bislang wichtigsten Auftrag seines segensreichen Engellebens ausführen durfte …

Aber nanu? Was war das? Es juckte entsetzlich an seinem linken Fuß. Dabei hatte er in seiner lieben langen Engelkarriere noch nie gehört, dass Engelfüße überhaupt jucken können – und Erzengelfüße schon gar nicht!

Auaaaa! Das war kaum auszuhalten – was für ein fieses Kratzen zwischen den Zehen. Amoriel konnte dem Drang nicht widerstehen und kratzte sich mit seinem silbrig schimmernden Engelflügel verstohlen an der vermaledeiten Stelle. Eine eigenartige Befriedigung durchflutete ihn, aber das Jucken hörte nicht auf, sondern wurde sogar noch stärker. „Nur noch einmal", schwor er sich, und nahm erneut seinen schillernden Flügel zu Hilfe. Das machte es jedoch wieder ein wenig schlimmer. Statt ein drittes Mal zu kratzen, besah sich Amoriel die juckende Stelle nun ein wenig genauer. Da blitzte in seiner Erinnerung diese unrühmliche Geschichte auf, die er nur allzu gerne aus seinem Gedächtnis gestrichen hätte!

Aber scheinbar hatte er seine Lektion noch nicht zu Ende gelernt und musste sich erneut erinnern. Verschämt dachte Amoriel an die vergangenen Monate zurück. Wie beglückt war er gewesen, als der Göttervater seinen drängendsten Herzenswunsch erfüllte und ihm diesen ehrvollen und einzigartigen Auftrag gab: Er, Amoriel, Erzengel der Liebe, sollte eben jener himmlische Bote sein, der dem Jesuskind zur Stunde seiner Geburt den Funken der göttlichen Liebe ins Herz trug, womit dieses später die ganze Welt erretten sollte.

Wie eifrig hatte sich Amoriel daran gemacht, sich auf diesen einzigartigen Auftrag vorzubereiten und alle nötigen Prüfungen zu bestehen. Musterhaft hatte er einen Test nach dem nächsten bewältigt, einer davon schwieriger als der andere! So meisterhaft gelang ihm alles, dass er nicht verhindern konnte, dass der Stolz in seiner Brust anschwoll … Ja, derart erfüllte ihn die Begeisterung über seine hart erworbenen neuen Fähigkeiten, dass er gar beschloss, sich einen adligen Beinamen zu geben: Amoriel von und zu Amoriah nannte er sich von da an und wies alle Engel an, ihn von nun an mit seinem himmlischen Adelstitel anzusprechen. Wie es sich in der Engel-Hierarchie gehörte, waren die Engel dem Befehl des Erzengels wohl nachgekommen. Doch mehr als einmal beschlich Amoriel der Verdacht, dass sie ihr glockenhelles Engel-Lachen kaum unterdrücken konnten, wenn sie sich vor ihm verbeugten und ihn etwa dergestalt ansprachen: „Oh, großer Amoriel von Amoriah, wie können wir der göttlichen Sache dienen? Gib Du uns den Auftrag im Zeichen Deiner allmächtigen Liebe!" Dass indes die Erzengel seinen Wunsch schlicht ignorierten und ihn einfach weiter mit „Amoriel" ansprachen, hätte ihn eigentlich schon früher zum Nachdenken bringen müssen …

Aber er hatte nun einmal diese Adels-Engel-Nummer durchgezogen, bis er eines Tages völlig überrascht vor dem Göttervater selbst stand. Im Angesicht des Herrn höchstpersönlich wurde Amoriel schlagartig klar, dass er bei dieser größten und letzten Prüfung für seinen heiligen Auftrag ganz kläglich und jämmerlich versagt hatte. Die Strafe zu seiner Läuterung nahm er dann auch demütig entgegen: Zwei Monate lang – bis kurz vor der Geburt des Heilands also – sollte Amoriel in das Reich der Menschen hinuntersteigen. Und dort sollte er wie eine gewöhnliche Reinmachfrau mühevoll öffentliche Bäder und

Entleerungsstellen schrubben. Nur zu ungern erinnerte er sich an die unendliche Mühe, die ihn das gekostet hatte, und an die unsäglich beißenden Gerüche, die er dort ertragen musste. Einmal hatte er mit seiner Anweiserin zusammen ein öffentliches Römer-Bad geschrubbt. Und diese hatte ihn barsch angehalten, seine Arbeit nicht, wie gewohnt, barfuß auszuführen, sondern in unbequemen Stiefeln zu putzen, damit er sich nicht mit dem gemeinen römischen Fußpilz infiziere. Denn der, so versicherte sie, wäre hier allgegenwärtig, höchst unangenehm, überaus hartnäckig und selbst mit Zauberei nicht so leicht wieder loszuwerden.

Das war es also! Fußpilz! Er hatte sich im Menschenreich mit Fußpilz angesteckt. Was sollte er um Himmels willen tun? Er rief den Erzengel Raphael herbei, der bekanntlich über die stärksten Heilkräfte verfügt. Der erklärte ihm sachlich, dass dieser Fußpilz karmischen Ursprungs sei und er ihn daher dort heilen müsse, wo er ihn erworben habe. Er dürfe sich aller Mittel bedienen, die das Menschenreich dafür zur Verfügung stelle. Ergeben seufzend machte sich Amoriel erneut auf den Weg zur Erde und auf die mühevolle Suche nach einem wirksamen Mittel gegen den gemeinen römischen Fußpilz. Aber nichts von dem, was ihm empfohlen wurde, schien so richtig zu helfen.

Da hörte er von den Heilkünsten einer zickigen alten Frau, die viele für verrückt hielten und sich ihr nur im alleräußersten Notfall zu nähern wagten. Von solch nur allzu menschlichen Urteilen lassen sich Engel bekanntlich nicht beeindrucken und somit suchte Amoriel die Alte umgehend auf. Die hörte sein Anliegen, zog eine sehr alte verwitterte Schrifttafel mit seltsam verzierten, goldenen Lettern hervor und las mit ihrer unheimlichen, kratzigen Stimme: „Leider wissen nur sehr wenige Menschen um die große Wirkmächtigkeit des Marsgesteins. Es ist das einzige Mittel, das schnell und dauerhaft Abhilfe bei den gemeinen Fußpilz-Arten schafft. Allerdings ist dieses Gestein auf der Erde nur sehr selten in einigen uralten Meteoriten zu finden und die Vorräte auf dem Mars werden erst in ferner Zukunft zum täglichen Gebrauch erschlossen werden."

Marsgestein! Das war es also! Amoriel hielt sich nicht lange mit der Suche nach den seltenen Erdvorräten auf, sondern schlüpfte flugs in seinen ätherischen Engelkörper, landete wenig später auf dem Mars, wo er einige Gesteinsreste unter seinen Flügeln verstaute, um Sekunden später wieder auf der Erde aufzusetzen. Dort mahlte ihm die buckelige Alte das Gestein, vermischte es mit klebrigem Lehm und band ihm die Paste in einem unförmigen Sack um seinen linken Fuß. Erleichtert nahm Amoriel den Rückweg ins Engelreich auf, wo er mit seinem seltsamen Klumpfuß für große Heiterkeit sorgte.

Mitten im allgemeinen Gelächter stockte Amoriel plötzlich der Atem. Über diesen juckenden Fußpilz hatte er vollkommen vergessen, was für ein Tag heute war. An diesem Morgen sollte er doch zu seiner großen Mission aufbrechen. Gütiger Gott! Was, wenn das Jesuskind nun schon ohne den Funken der göttlichen Liebe geboren wäre? Ob dann die Welt noch zu retten wäre und er, Amoriel, ob seines erneuten Versagens auf ewig menschliche Bäder schrubben müsste?

Das wollte er sich gar nicht weiter ausmalen, sondern nahm Flügel und Beine samt Klumpfuß in die Hand und machte sich auf den Weg nach Bethlehem. Doch in keiner der Herbergen, in denen, seiner Information nach, das Kind hätte geboren werden sollen, waren Maria und Joseph zu finden. Mit sehr schlechtem Gewissen meinte Amoriel zu erkennen, dass die Herbergsväter nur deshalb so hartherzig waren und die Hochschwangere kaltschnäuzig abgewiesen hatten, weil seine Erzengels-Kraft der Liebe nicht, wie vorgesehen, über dem Paar geschwebt hatte.

Zum wiederholten Male verfluchte Amoriel seinen Stolz und seine Arroganz, die ihm diesen Fußpilz eingetragen hatten und setzte seine Suche nach dem heiligen Paar schleunigst fort. Schließlich hörte er, wie sich einige Hirten über eine ungewöhnliche Geburt im nahegelegenen Stall unterhielten und eilte zur angegebenen Stelle.

Ach, wie friedlich das Kind in der Krippe doch aussah und wie erschöpft, aber glücklich, die beiden Eltern! Zärtlich berührte Amoriel das Herz des Kindes mit seinem rechten Flügel und sah beglückt zu, wie sich das erlösende Leuchten im Jesuskind ausbreitete und kurz darauf auch die Eltern und die gesamte Umgebung mit seinen sanften Strahlen erfasste. Amoriel schwebte noch eine Weile über dem Stall und sah erleichtert zu, wie die Geschichte trotz seiner Verspätung ihren wohlbekannten Lauf nahm.

Und wenn Sie, lieber Leser, die Überlieferungen und ganz alte Krippendarstellungen kennen, dann wissen Sie, dass viele der Krippenbesucher in Bethlehem den Erzengel über dem Stall sehr wohl wahrnahmen. Wie allerdings Anstand und Unverständnis ihnen eingaben, traute sich nicht ein Einziger von ihnen, den unförmigen und seltsam gefüllten Sack an seinem linken Fuß zu erwähnen.

Das ist wirklich schade, denn dann hätte sich die Kunde von der außergewöhnlichen Heilkraft des Marsgesteins bei Fußpilz zweifelsohne weiterverbreitet und das hartnäckige Leiden vieler Menschen hätte ganz ohne schulmedizinische Hilfe gelindert werden können.

Das Geschenk

Da stand es. Das Geschenk. Wir hatten unsere Päckchen schon lange ausgepackt, als meine Zwillings-Schwester Lisa zum Fuße des Weihnachtsbaums zeigte und fragte: „Wem gehört das da eigentlich?" Überrascht schauten wir zu dem hellblauen Päckchen mit der weißen Schleife. Keiner gab ein Zeichen des Erkennens. Ich wagte mich vor und besah das Kästchen von allen Seiten. Nichts deutete auf den Adressaten hin. „Lass mal sehen, Nils", sagte Mutter. Ich gab ihr das Geschenk, aber auch sie konnte nichts finden.

Wir reichten das Päckchen von einem Familienmitglied zum anderen – jeder hatte dieselbe Antwort: Achselzucken. Schließlich nahm ich es, entfernte die Schleife und hob vorsichtig den Deckel. Ein riesiges Stück Torte lachte mir entgegen. Köstlicher Duft von frisch Gebackenem strömte in meine Nase. Das war die schönste Torte, die ich je gesehen hatte. Aus sahniger Creme und Schokolade. Und so überreich verziert mit verschiedenfarbigen Zuckerguss-Autos vieler Marken und Klassen. Genauso eine hatte ich mir insgeheim immer gewünscht, aber nie gewagt, es auszusprechen. Die konnte nur für mich sein!

„Was ist es?" fragte meine älteste Schwester Hanna. Statt einer Antwort gab ich ihr das Geschenk, das sie umgehend öffnete. Sicher war es Einbildung, dass sich in Hannas riesigem Medaillon das hellblaue Geschenkpapier spiegelte und darin etwas Riesiges, schwarz Behaartes erschien ... Hanna wurde kreidebleich, presste den Deckel auf die Schachtel und schleuderte das Geschenk mit einem Entsetzensschrei in die Zimmerecke.

Besorgt rannte ich hinterher. Als ich den Deckel abnahm, blickte ich wieder auf das Tortenstück, das völlig unversehrt und prachtvoll wie zuvor dastand. Irritiert sah ich von der makellosen Torte zu Hanna, die sich an die Wohnzimmertür drückte.

Nun erhob sich mein Vater, nahm mir das Geschenk aus der Hand und öffnete es. Er lief dunkelrot an und drückte energisch den Deckel zurück auf das Kästchen. Derart verlegen hatte ich ihn in meinen ganzen zwölf Lebensjahren noch nie erlebt. „Was hast Du denn?" wollte meine Mutter wissen. Mein Vater sah aus, als hätte er nur allzu gerne verhindert, dass meine Mutter hineinschaute, aber sie hatte das Geschenk bereits gegriffen und aufgerissen.

Wir alle hielten den Atem an. Wie würde Mutter reagieren? Sie wurde ganz, ganz still. Es war, als wäre die Zeit stehen geblieben und ein glückseliges Leuchten breitete sich auf ihrem Gesicht aus. So entrückt war sie, dass sie kaum bemerkte, wie meine Zwillingsschwester ihr die Schachtel entzog. Lisa blieb beim Anblick des Geschenks der Mund offen stehen. Sie schnappte nach Luft, in ihren Augen erkannte ich einen freudigen Glanz. Plötzlich runzelte sie die Stirn, dachte einen Moment nach und fuhr auf: „Das kann nicht sein! Wer hat das gewagt? Wer hat mein Tagebuch gelesen?" Ich hätte schwören können, dass sie dabei besonders in meine Richtung sah, bevor sie das Geschenk zurück auf den Tisch knallte.

Ein ratloses Schweigen breitete sich unter uns aus. Schließlich ergriff ich das Päckchen noch einmal und sah erneut auf meine perfekte Torte. Doch die Freude war einer verständnislosen Irritation gewichen. Ich traute mich nicht mehr, über das Geschenk zu sprechen und stellte es unter den Baum zurück. Wir brauchten einige Zeit, ehe wir zu so etwas wie einer weihnachtlichen Normalität zurückfanden.

In der Nacht träumte ich von einem Riesenstück Torte, das ich selig verspeiste. In meinem Traum-Magen angekommen, vollführte es seltsame Kapriolen und erblickte beim Morgengeschäft völlig unversehrt das Licht der Welt. Kaum war ich aufgewacht, schlich

ich mich ins Wohnzimmer, wo Lisa schon zusammen-
gekauert hockte und zum Fuße des Weihnachtsbaumes starrte.

Nach und nach tauchten die restlichen Familienmitglieder auf. In allen Augen spiegelte sich dieselbe
Frage. Wo war das Geschenk? Wir ließen unsere Blicke umherwandern, aber das Geschenk war genauso
spurlos verschwunden, wie es aufgetaucht war.

Mit leisem Bedauern verabschiedete ich mich von dem Stück Torte und verschloss meinen Wunsch in einer hinteren Ecke meines Bewusstseins. Nur am Heiligabend schiele ich noch heute, viele Jahre nach jenem denkwürdigen Weihnachtsfest, mindestens einmal verstohlen unter den Tannenbaum, wenn die Geschenke verteilt sind. Aber bislang ist der Platz unter dem Baum leer geblieben.

Längst vergessene Tatsachen der Weihnacht

I: Warum die Engel im Himmel wohnen und die Frösche keine Flügel haben

Es begab sich zu jener Zeit, als Gott den Menschen noch nicht erschaffen hatte.

Zu jener Zeit waren die Frösche unendlich viel größer als heute und flogen mit grünen durchscheinenden Flügeln elegant durch die Lüfte. Die Engel aber lebten noch tief unter der Erde in dunklen Gewölben, wo sie ungestört ihre sanfte und harmonische Engelmusik produzierten.

Eines Tages jedoch trug es sich zu, dass die Frösche, zunächst vereinzelt, dann zunehmend häufiger, einfach vom Himmel stürzten. Da es zu jener Zeit noch keine Wissenschaftler gab, die diese Vorgänge erforschten und erklären konnten, wurden die Ursachen für dieses große Froschfallen nie entdeckt. Und da es ohnehin sehr wenig Gedanken gab, passierten diese Dinge einfach, ohne dass ihnen viel Aufmerksamkeit zuteilwurde.

Nun war es aber so, dass jedes Mal, wenn ein besonders dicker und schwerer Frosch auf die Erde stürzte, die Erschütterung die wunderschönen Engelkonzerte störte. Denn die Frösche stürzten nicht etwa im richtigen Takt zur Erde, nein, oft gerade dann rumste es gewaltig, wenn es überhaupt nicht zur Musik passte.

Und je mehr Frösche vom Himmel auf die Erde fielen, desto mehr Geröll löste sich aus den Decken der Engelsgewölbe und landete zu allem Überfluss immer öfter auf Violinen- und Harfensaiten, die zu diesem Zeitpunkt des Konzertes nun ganz und gar nicht gezupft werden durften. Man kann sich wohl vorstellen, dass die Konzerte der Engel immer disharmonischer und verzerrter wurden.

Eines Tages stürzte nun ein besonders fetter Frosch vom Himmel. Der war gar so dick, dass er wie eine Rakete durch die Erdoberfläche direkt in die Konzerthalle der Engel schoss – und mitten im Hals der Trompete des Erzengels Gabriel landete! Vor Schreck verpasste der zum ersten Mal in seiner langen Musiker-Karriere den Ruf des Großen Erwachens. Da schworen sich die Engel, dass es nun an der Zeit war, etwas geschehen zu lassen. Sie hielten einen großen Engel-Rat und beschlossen, in den Himmel auszuwandern, den einige von ihnen durch eine Erdspalte erspäht hatten.

Da zu jener Zeit die Engel noch sehr gehorsam waren, fragten sie zunächst Vater Gott, ob er mit ihrem Vorhaben einverstanden sei. Der meditierte eine Weile über den Plan und gab dann wohlwollend sein göttliches Einverständnis.

So stiegen nun die Engel hoch auf die Erde. Dort entfernten sie von den herumliegenden Fröschen sanft die Flügel, hefteten sie sich sorgfältig an und erhoben sich engelsgleich in die Lüfte. Die wenigen Frösche, die den Sturz auf die Erde überlebt hatten, zogen sich in die Dunkelheit der Engelsgewölbe zurück, um das Schicksal ihrer Artgenossen angemessen zu betrauern.

Und so kam es, dass die meisten Frösche heutzutage keine Flügel haben und dass Menschen, die behaupten, einen echten Engel gesehen zu haben, berichten, dass dieser grünlich schimmernde Flügel besäße.

Und wenn Sie, lieber Leser, nun kritisch anmerken, dass diese Geschichte nun gar nichts mit Weihnachten zu tun habe, dann lesen Sie nur schnell weiter, damit erst gar keine Verdrossenheit in Ihnen aufkeimt.

II: Unbeachtete Zeugen der Heiligen Nacht

Viele Jahrhunderte vergingen nun. Die Engel richteten sich im Himmel ein, und als sie diesen endlich vollkommen nach ihren Vorstellungen gestaltet hatten, kam die Zeit, in der sie sich ganz ihrer großen und wahren Aufgabe widmen konnten: der Unterstützung der Menschen, die inzwischen die Erde bevölkert hatten.

Die Frösche hingegen hatten sich in ihren unterirdischen Katakomben eingewöhnt. Die Trauer, die ihr Fall vom Himmel und der Tod ihrer Artgenossen ausgelöst hatten, war ihnen geblieben – auch wenn sie schon lange nicht mehr wussten, warum sie eigentlich traurig waren.

So begab es sich im Jahre Null, um die Weihnachtszeit herum – wenn das alles ja auch später erst so datiert und festgelegt wurde –, dass Maria und Joseph durch den Wald irrten, um einen Platz für die Geburt Jesu zu finden. Diese Geschichte kennt Ihr wohl alle und so wollen wir sie hier nicht wiederholen. Aber es gibt auch viele Teile dieser Geschichte, die nirgendwo geschrieben stehen, und einen sehr wichtigen davon wollen wir nun erzählen.

Joseph, schwankend zwischen glückseliger Entrückt-heit, ob der nahen Präsenz des Heilands, und der An-strengung der beschwerlichen Suche, war nun inner-lich so sehr mit diesen Dingen beschäftigt, dass er die hochschwangere Maria gar nicht so tatkräftig stützen konnte, wie man es von einem guten Ehemann er-warten würde. Und das ist bestimmt auch einer der Gründe, warum dieser Teil der Geschichte gerne in Vergessenheit geriet.

Nun kam es, dass Maria, wie durch Zufall, vom Pfade abkam und in eine Erdspalte rutschte. Die dünne und brüchige Erdkruste brach unter dem Gewicht der Schwangeren sofort ein – und die völlig geschockte Maria mit ihr. Die Arme sackte gar einen Meter tief in die Erde und zappelte mit den Beinen in einem gro-ßen Hohlraum. Nur ihrem beträchtlichen Bauchum-fang war es zu verdanken, dass sie nicht ganz unter der Erdoberfläche verschwand.

Es versteht sich fast von selbst, dass die Engel zumin-dest dafür sorgten, dass Maria weich fiel und dem Je-suskind nichts passierte. Dass Joseph allerdings einen tüchtigen Schreck bekam, jäh aus seinen Gedanken gerissen wurde und ein ganz schlechtes Gewissen hatte, das sollte wohl auch so sein. Da hing die arme Maria also zappelnd in ihrem Erdloch und konnte selbst gar nichts tun, um sich aus ihrer misslichen Lage zu befreien.

Was Maria und Joseph nicht bemerkten, war, dass Maria mitten in einer der dicht bevölkerten Froschhöhlen gelandet war. Die Frösche zuckten erschrocken zusammen und schauten ungläubig, als die Erde über ihnen krachte, sie von fallenden Erdklumpen ganz unsanft aus ihrem Schlaf gerissen wurden und dann noch, zu guter Letzt, zwei lange zappelnde Beine und ein unförmiger Bauchansatz in ihre Höhle ragten.

Da die Frösche in diesen vielen Jahren unterirdischen Lebens doch recht abgestumpft waren, kannten sie auch wenig Angst und krochen bald vorsichtig näher und näher an den Ort des wundersamen Geschehens heran. Ja, so saßen sie schließlich dicht gedrängt um das Erdloch herum, aus dem in etwa einem Meter Höhe Marias Beine baumelten, und schauten mit ihren kugelrunden, großen schwarzen Froschaugen erwartungsvoll in die Höhe.

Und je mehr sie schauten, desto stärker wurden sie des hellen Lichtes gewahr, das aus dem Bauchraum des merkwürdigen Gebildes über ihnen schien und nach und nach die ganze Höhe erstrahlen ließ. Und je mehr sie schauten, desto mehr verschwand ihre alte

Traurigkeit. So traf es sich gut, dass der erschöpfte Joseph eine ganze Weile brauchte, ehe er Maria – mit seinen allerletzten Kräften – aus ihrer irdischen Zwangslage befreit hatte. Dass die Engel ihm so gar nicht dabei halfen, wird wohl ebenfalls seinen guten Grund gehabt haben.

Nach einer kurzen Verschnaufpause setzte das Paar seinen Weg zur Krippe fort, genau wie Ihr es aus der Weihnachtsgeschichte kennt. Was die beiden weder ahnten noch sahen, war, dass ihnen aus der Erdspalte unzählige Paare großer runder Froschaugen neugierig hinterherblickten und bald eine lange Frosch-Kolonne dem hellen Schein des Weihnachtspaares folgte. So kam es, dass die Frösche durch die Marienspalte – unter diesem Namen ist die Höhle in der Region noch heute bekannt – hinauf auf die Erde kletterten und sich dort dann so einrichteten, wie Naturliebhaber und Naturforscher heutzutage ihr Leben beschreiben.

In jener Heiligen Nacht fanden Maria und Joseph bald den Stall, und das Jesuskind ließ nicht lange auf sich warten. Was in sehr wenigen Versionen der Weihnachtsgeschichte erwähnt wird, ist, dass dem ganzen magischen Geschehen der Weihnacht neben Ochs, Esel und Schafen auch unzählige große grüne Frösche beiwohnten, die mit ihren kugelrunden Froschaugen wie gefesselt die wundersamen Vorgänge durch die Ritzen der zugigen Stallwände verfolgten.

Und so wurde es für die wenigen Auserwählten, die diese Geschichte bislang gehört haben, zum festen

Brauch, den wahrhaftig ersten Zeugen des Weihnachtswunders die Ehre zu erweisen, indem sie um ihre weihnachtlichen Krippen herum viele kleine grüne Frösche platzieren, die das Geschehen aufmerksam beobachten.

Und wenn Euch diese Geschichte neugierig gemacht hat auf die vielen bislang unbeachteten, verschwiegenen oder zensierten Geschehnisse der Weihnacht, so nehmt Euch einfach ein wenig Zeit und wartet in Stille – dann fallen sie Euch, wie alles, was wahr ist, wie von selbst ein.

Ein ganz herzlicher Dank

Für das liebevolle Lektorat, die riesengroße und vielfältige Unterstützung sowie den inspirierenden Austausch an meinen besonderen Lebensbegleiter Ralf.

Für die Liebe zum (Vor)Lesen, Schreiben und die Freude am inneren Bilderreichtum meinen Eltern.

Für die herzliche und weise Begleitung sowie den tragenden Raum, in dem vor vielen Jahren die ersten Weihnachtsgeschichten entstanden, an Frouke, Pauline, Miek, Huib und Silka.

Für begeistertes Zuhören und immer neue Animation zum Schreiben an meinen kleinen Weihnachtskreis, bestehend aus Johannes, Mechtilde, Sabine, Annette und Dirk.

Für aufmerksames Lesen und bereichernde Anregungen an meine Wegbegleiter Gerhild, Klaus, Ralf B., Gabi, meine Tante Helga, meine Schwester Susanne, meinen Neffen Victor.

Für die lebendigen Illustrationen an Katharina.

FSC
www.fsc.org
MIX
Papier | Fördert
gute Waldnutzung
FSC® C083411

Zeitfracht Medien GmbH
Ferdinand-Jühlke-Straße 7
99095 Erfurt, Deutschland
produktsicherheit@kolibri360.de